AF355701

VENTE

Du Vendredi 29 Janvier 1875

HOTEL DROUOT, SALLE N° 7

COLLECTION D'UN AMATEUR

ARMES ANCIENNES

ORIENTALES

FRANÇAISES ET ITALIENNES

OBJETS DE VITRINE DU XVI° SIÈCLE

EN FER, ARGENT, BRONZE, IVOIRE, BUIS ET POIRIER SCULPTÉS

ÉTOFFES ANCIENNES

EXPOSITION PUBLIQUE

LE JEUDI 28 JANVIER 1875

M° CHARLES OUDART, COMMISSAIRE-PRISEUR

M. ÉMILE BARRE, EXPERT

IMPRIMERIE J. CLAYE
RUE SAINT-BENOIT 7
PARIS

CONDITIONS DE LA VENTE.

Elle sera faite au comptant.

Les acquéreurs payeront *cinq centimes par franc,* en sus des enchères, applicables aux frais.

L'Exposition mettant les Adjudicataires à même de se rendre compte de l'état et de la nature des objets, il ne sera admis aucune réclamation une fois l'adjudication prononcée.

CATALOGUE

D'UNE JOLIE COLLECTION

D'ARMES ANCIENNES

ORIENTALES

FRANÇAISES & ITALIENNES

ARMURES ORIENTALES, CASQUES, CUIRASSES
BRASSARDS, KANGIARS, POIGNARDS, ÉPÉES, DAGUES, CASQUES
PISTOLETS, FUSILS, ETC.

OBJETS DE VITRINE DU XVIᵉ SIÈCLE

OBJETS EN FER, ARGENT
IVOIRE, BUIS ET POIRIER SCULPTÉS, BRONZE, MÉDAILLES
POIGNÉES D'ÉPÉES ET DE DAGUES, POIRES A POUDRE
BAS-RELIEFS, ENCRIERS, STATUETTES, ÉTUIS, BOITES, MANUSCRITS
CLEFS, SERRURES, CACHETS, ETC.

PETITE TAPISSERIE DU XVIᵉ SIÈCLE A PERSONNAGES

BELLES ÉTOFFES

TAPIS DE PRIÈRE ORIENTAL, TAPIS EN VELOURS DE GÊNES
BANDES EN POINT DE HONGRIE
ÉTOFFES BROCHÉES ET BRODÉES, BELLES CHASUBLES
SOIERIES DIVERSES

dont la vente aura lieu

HOTEL DROUOT, SALLE Nᵒ 7

Le Vendredi 29 Janvier 1875

A DEUX HEURES

PAR LE MINISTÈRE DE Mᵉ CHARLES OUDART, COMMISSAIRE-PRISEUR
31, rue Le Peletier

ASSISTÉ DE M. Émile BARRE, EXPERT
20, Chaussée d'Antin

Chez lesquels se distribue le présent Catalogue

EXPOSITION PUBLIQUE

LE JEUDI 28 JANVIER 1875
DE 1 HEURE 1/2 A 5 HEURES 1/2

DÉSIGNATION

ARMES ORIENTALES

1. — Kangiar en fer, ancien damas.

2. — Kangiar, poignée en morse avec fourreau en argent repoussé, orné de coraux.

3. — Kangiar en jade avec fourreau garni en jade, incrusté d'argent.

4. — Petite Dague avec fourreau en argent ciselé en haut-relief et niellé.

5. — Kangiar avec manche en fer ciselé et gravé, formé par une tête d'oiseau.

6. — Langue de bœuf avec poignée en fer, damasquinée en or.

7. — Crick malais avec poignée en bois de fer sculpté et lame richement damasquinée en or.

8. — Hallebarde en fer, finement gravée et damasquinée argent et or, avec quillon à tête de chimères.

9. — Une autre, même travail.

10. — Poignée en fer, damasquinée or et argent.

11. — Trois Pièces de fourreau en fer, damasquinées en argent.

12. — Quatre Rondelles et une Aigrette en fer, damasquinées en or.

13. — Belle Poire à poudre du xvi⁰ siècle, en bronze, incrustée d'argent en haut-relief et gravée.

14. — Deux Couvercles damasquinés or et argent.

15. — Belle Panoplie en damas, composée d'un casque à bombe, une rondache, une plaque et un brassard, damasquinée or et gravée, décor de figures et d'animaux.

16. — Une autre, même travail.

ARMES FRANÇAISES ET ITALIENNES

17. Beau Morion de la *Renaissance* en fer gravé, orné de figures et de trophées d'armes.

18. — Épée en fer, ornée de médaillons de figures, avec garde à jour.

19. — Épée en fer gravé, avec garde repercée à jour.

20. — Épée avec garde et pommeau à médaillons de figures
et ornements.

21. — Épée avec garde et pommeau unis.

22. — Épée à garde et pommeau gravé.

23. — Épée gravée, avec garde repercée à jour.

24. — Épée avec pommeau et garde à côtes.

25. — Claymore avec pommeau et garde gravés.

26. — Belle Épée en fer, gravée et damasquinée en argent,
avec garde coquille repercée à jour. travail italien
du xvie siècle.

27. — Petit Fusil incrusté de nacre, avec canon damasquiné
argent.

28. — Épée *Louis XVI*, argent doré et gravé, avec pommeau
à médaillon fleurdelysé.

29. — Couteau de chasse, avec fourreau en ivoire à armoiries, et poignée en fer, repercée à jour.

30. — Hallebarde du xvie siècle en fer gravé, ornée de
figures.

31. — Épée *Louis XVI* en fer, repercée à jour.

32. — Paire de Pistolets de Lazarino, avec culasse et batterie
en fer, gravés en haut-relief.

33. — Pistolet à rouet, incrusté d'ivoire, avec batterie en fer
gravé et damasquiné.

34. — Paire d'Étriers en fer, ornés d'une fleur de lys.

35. — Petite Dague en fer gravé avec poignée en Saxe.

36. — Petite Dague en fer du XVIᵉ siècle, avec garde coquille
et lame repercée à jour.

37. — Petite Dague, même époque.

38. — Canon de pistolet en fer, damasquiné or.

39. — Poire à poudre italienne, en fer côtelé, avec armoiries
de cardinal, et ornée de six fleurs de lys.

40. — Poire à poudre en fer, avec guerrier à cheval; travail
à jour.

41. — Espadon en fer, damasquiné or.

42. — Poire à poudre du XVIᵉ siècle, en fer damasquiné argent.

43. — Poire à poudre en bronze gravé, travail à jour.

44. — Petit Pulverin en bronze, travail en haut relief de figures
et animaux.

45. — Paire d'Étriers, avec ornements gravés.

46. — Étrier en fer.

47. — Batterie de Pistolet en fer ciselé et haut relief, à fond
d'or.

48. — Batterie de Pistolet, même travail.

49. — Hausse-col en fer repoussé et gravé, représentant un combat de cavaliers.

50. — Petit Pistolet, avec garniture d'argent et canon damasquiné or.

51. — Petite Poire à poudre, italienne, incrustée d'ivoire.

52. — Petite Poire à poudre en bronze gravé.

53. — Garniture de fourreau en fer gravé et doré.

54. — Éperon en fer damasquiné.

55. — Rondelle en fer gravé à fond d'or.

OBJETS DIVERS

DES XVIe ET XVIIe SIÈCLES

56. — Garniture de Coffret, de quatre pièces en fer, finement gravées.

57. — Petit Marteau à cachet et Tire-bouchon en fer damasquiné. .

58. — Serrure en bronze doré avec figures et ornements italiens, xvie siècle.

59. — Petite boussole, cadran solaire en bronze, ornée de pierres.

60. — Quatre Plaques de pendule en bronze gravé, xvi⁰ siècle.

61. — Boîtier de Montre en bronze, gravé et percé à jour,
    xvi⁰ siècle.

62. — Petit couvert, couteau et fourchette, en filigrane d'argent.

63. — Très-belle Clef, le haut formé par deux chimères,
    xvi⁰ siècle.

64. — Clef. Même travail.

65. — Clef formée par des figures de satyres.

66. — Petite Clef gothique à jour.

67. — Clef ornée d'un mascaron.

68. — Clef avec fleurs de lys.

69. — Plaque de Ceinture en fer, ornée d'une figure,
    xvi⁰ siècle.

70. — Petite Statuette en bronze, représentant l'archange
    terrassant le démon.

71. — Plaque en étain représentant Henri IV et Marie de
    Médicis.

72. — Très-belle Serrure en fer avec sa clef, repercée à jour
    et ornée de chimères, xvi⁰ siècle.

73. — Boucle de Ceinture en argent doré, ornements en relief.

74. — Agrafe en argent doré, avec ornements en relief émaillés.

75. — Deux Porte-tasses en argent doré et émaillé.

76. — Boîte longue en argent doré et gravé à fond niellé.

77. — Petit Porte-tasse en bronze doré émaillé.

78. — Petit Étui garni en argent.

79. — Couverture de Livre garnie en fin et ornée d'armoiries.

80. — Médaillon en bronze, l'ivresse de Silène.

81. — Médaillon en bronze doré, portrait de Louis XV.

82. — Petit Encrier italien, en bronze de la *Renaissance*.

83. — Manche en bronze antique, formé par une tête de lion.

84. — Panthère, en bronze antique incrusté d'argent.

85. — Petit Manuscrit oriental sur vélin, xvie siècle.

86. — Manuscrit sur vélin, xvie siècle.

87. — Petite Pièce en coco sculpté, ornée d'un bas-relief et garnie en argent.

88. — Beau bas-relief avec médaillon de figures en buis sur fond de marqueterie, travail italien, xvie siècle.

89. — Modèle de sarcophage en pierre de Munich, ornée de bas-reliefs, sujets de chasse.

90. — Petit pulverin en poirier sculpté, à médaillon de
figures.

91. — Fuseau en poirier sculpté, orné de groupe de figures,
XVIe siècle.

92. — Petite Poignée de dague en ivoire sculpté, formée par
quatre figures d'enfants.

93. — Oiseau couronné en argent doré, pièce de corporation,
XVIe siècle.

94. — Petit Bas-relief en ivoire, XVIe siècle.

95. — Pièce de Ceinturon, même travail.

96. — Belle Poignée de dague en ivoire, formée par des com-
bats d'animaux, XVIe siècle.

97. — Bas-relief en ivoire, Vierge et l'Enfant Jésus, cadre
en écaille, XVIIe siècle.

98. — Petit Couteau en ambre et fer damasquiné en argent.

99. — Petite Fourchette en argent garnie d'écaille.

100. — Étui en peau de serpent, contenant un Couvert en
argent, avec manche en agate.

101. — Petit Coffret en poirier et ivoire, travail à jour,
XVIe siècle.

102. — Petit Cadenas en bronze gravé, XVIe siècle.

103. — Petit Marteau de porte en fer forgé avec le portrait
de l'artiste.

104. — Deux Bas-reliefs renaissance, avec sujets mytholo-
giques.

105. — Petite Horloge à réveil en bronze gravé.

106. — Bas-relief en ivoire, la Naissance du Christ,
xvie siècle.

107. — Deux Bustes, homme et femme, en poirier sculpté,
xvie siècle.

TAPISSERIES, ÉTOFFES

108. — Très-belle et petite Tapisserie du xvie siècle, représentant un déjeûner champêtre et des danses de
paysans sur la place d'un village; avec riche bordure de fruits, d'arabesques et de personnages.

109. — Beau Tapis de prières, oriental, en drap rouge, avec
riche broderie en argent doré rehaussée de pierres.

110. — Petit Tapis du xvie siècle, en velours de Gênes à fond
doré avec fleurs de couleur.

Pièce d'une rare conservation.

111. — Quatre bandes de Point de Hongrie de couleurs
diverses et d'une bonne conservation.

112. — Coupon d'étoffe à ornements blancs sur fond jaune.

113. — Petit Tapis en soie, à rayures roses, blanches et
noires.

114. — Coupon de satin broché fond bleu, décor blanc de personnages et d'arabesques.

115. — Petit Tapis d'autel avec broderies en relief.

116. — Trois petits Tapis et Bandes.

117. — Grande et belle chasuble en soie fond blanc, avec vases de fleurs de couleur, la bordure fond jaune avec répétition des mêmes vases de fleurs.

118. — Un lot de velours de Gênes, fond rouge.

119. — Autre lot de velours de Gênes, fond rouge.

120. — Un lot de velours de Gênes, fond jaune.

121. — Lot d'étoffe blanche brodée.

122. — Tapis de table en soie brochée, fond vert.

PARIS. — J. CLAYE, IMPRIMEUR, 7, RUE SAINT-BENOÎT. — [170]

www.ingramcontent.com/pod-product-compliance
Lightning Source LLC
LaVergne TN
LVHW011508170726
843501LV00009B/3683